세월호 추모시집

언제까지고
우리는
너희를
멀리
보낼 수가
없다

신경림 외

서문

하루하루 네 몸처럼 날이 가라앉는다
가라앉아 천지에 가득 찬 젖은 4월 16일
팽목항의 푸른 바다 위에 돋은 304개의 별에게 빈다
용서하지 말라고……

이경자(소설가. 한국작가회의 이사장)

언제까지고 우리는
너희를 멀리 보낼 수가 없다

차례

세상은 나를 두고 그 거에 들러 것들이는데 곱고 곧고 줄 줄에 기대어 서러지고 이런 말을 어리는 사랑 자꾸 이런 마음 어리를 돌려 붙이어진 밤엔 순이야 울려 모

…중에서 이별보다 더 슬픈 거짓말. 신경림

만난 적 없이 헤어진 사람

나 야근했어 오늘 돌아오는
길 쓸쓸해 취한 날처럼
자꾸 통화하고 싶고

내가 널 떠올린다
날 모르는 널
내가

웃기지
자주 생각해 울컥하고
놓쳐버린 연인처럼
애틋
혼자
웃기고 있어

저 버스는 날 두고 가네 들리지도 않는데 부르고 창에
기댄 머리들 사라지고 이런 맘 살아있어 허탈한 이런 밤

아무도 대신할 수 없다 너를 너는 우리를 네가 나는

버스에 탄 내가 버스에 타지 않은 나를 무심히 바라
보는
대신할 수 없다 시간

추억이 떠나네 아저씨 태워주세요 나는 나와 눈 마
주칠 수 없이

우리 기념일 몇 월 며칠로 할까
혼자 남겨진다 멍청히

하나도 웃기지 않아서
하나도 웃기지 않아

병원 책상 위에 놓여있는 티슈 울 테면 울라는 듯이

울지 않는다
새 약을 타고 원래 먹던 약 계속 먹고
계속 계속

남겨진다
방구석에서 발견된 알약

살아있다
명랑하지 않아도 나
살아있어

그 후로도 계속 어제를 대신해 오늘
나를 대신해 네가

다시 봄 같은 봄 이 땅에 올 때까지
잊지 말라고 기억하라고
꽃이 와서 운다
착한 목숨들이
이승에 걸어놓은 당부가
붉고 푸르고 희고 노랗게 흩날린다

봄은 죽었다
그러나

세월호 참사
5주기에 부쳐

천선희 詩
박정화쓰다

봄은 죽었다. 그러나
- 세월호 참사 5주기에 부쳐

꽃이 온다
올해도 꽃이 와서 운다

이 4월에 피는 꽃은 아득한 바다
이 4월에 피는 꽃은 절망의 절창

304명, 고운 숨을 수장시키고도
가두고, 누르고, 밟고, 협박하는 세상
탐욕스런 권력의 노예들이 활보하는 세상에
꽃이 핀다
다시 봄 같은 봄, 이 땅에 올 때까지
잊지 말라고, 기억하라고
꽃이 와서 운다

착한 목숨들이
이승에 걸어 놓은 당부가
붉고, 푸르고, 희고, 노랗게 흩날린다

신발을 꿰어 신고서라도 우리는 다시
세상으로 나아간다
상처 받은 손을 흔들며 날개 꺾인 새처럼 날기 위해
그래 저기는 손을 얹어 어깨 오기 잡은 거
손끝은 그렇지이다 그래 손끝에
너무 오래 아름다운 손길 맞은
적이었어 이름 아니다

김완기 詩·한글 서예가 ○○○ 씀

슬픔에게

무지 때문이 아니라
희망에서 비롯된다 모든 슬픔은

처음이라는 기대와
마지막이라는 애절함이
슬픔의 기원이었음을 알았을 때
너도 나도 다시는 이라는 단서를 달아
각오를 한다, 이제 더는 희망 같은 거와
속삭이지 말자고

그럴 때 삶은 주저앉는 것처럼 보이기도 하지만
슬픔의 이면에는 어떤 단단함도 있어서
신발을 꺾어 신고서라도 우리는 다시
세상으로 나아간다, 생애 첫 다른 흔적을 남기며

그대 차가운 손을 덥히던 어떤 온기 같은 것
슬픔은 그런 것이다, 그러니 슬픔아
부디 오래오래 머물러다오, 슬픔 너는
희망의 다른 이름 아니더냐

한번도 살아 보지 못한 삶
한번도 죽어 보지 못한 죽음
뜨거운 살을 뚫고 김오르고
인간도 짐승도 아닌 소리들
모락 모락 피어나 흩어지는데
곁에 오지 말아라
산 적도 죽은 적도 없는 나에게로는
미안하지만 당신들은 죽었다
살았다고 우기며
꾸역꾸역 내가 여기서
온종일 비를 맞아도

김근 詩 장마
－세월호 이후에서

김인붕

장마

- 세월호 이후

당신들은 죽었다 우산도 없이 이상하게도
비를 맞고 철벅철벅 걸어가는 당신들은

날 어둡고 비 쏟아지고 빗소리 포악하고
몸에 들러붙어 잘 벗겨지지 않는 옷 속에서
당신들은 그만 죽고 죽어 새파랗게 웃고

맑은 날 숲으로 떠난 아이들이
산딸기에나 저희 손과 입을 붉게 더럽힐 때
그 붉음이 아이들을 길 잃게 할 줄은 영영 모를 때

걸어오지 말아라
팔 흐느적거리며 저는 다리로 뒤뚱거리며
나에게로 번개처럼은 천둥처럼은

한번도 살아보지 못한 삶
한번도 죽어보지 못한 죽음

뜨거운 살을 뚫고 김 오르고

인간도 짐승도 아닌 소리들
모락모락 피어나 흩어지는데
걸어오지 말아라
산 적도 죽은 적도 없는 나에게로는

미안하지만 당신들은 죽었다 살았다고 우기며
꾸역꾸역 내가 여기서 온종일 비를 맞아도

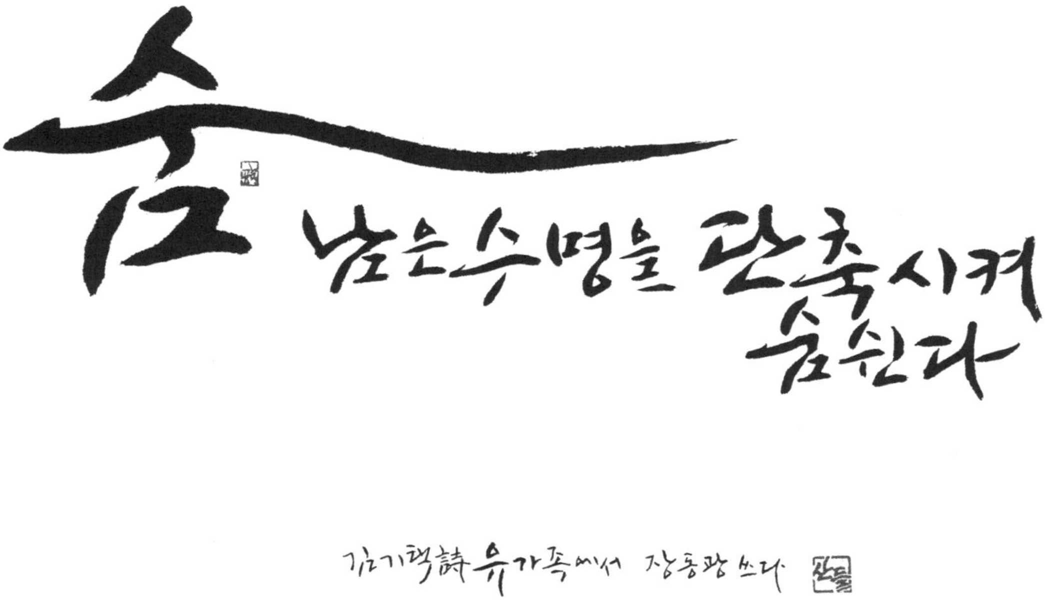
숨 남은 수명을 단축시켜 숨쉰다
김기택詩 유가족에서 장동광 쓰다

유가족

숨 막힘을 숨 쉰다

안 삼켜지는 덩어리를 들이마시다가
안 뚫리는 콧구멍을 뚫다가

튀어나오려는 붉은 눈알로 숨 쉰다
들뜨는 피부로 숨 쉰다
곤두서는 머리카락으로 숨 쉰다
식도가 딸려 나올 것 같은 목구멍으로 숨 쉰다

내장과 핏줄을 뽑아 올려서 숨 쉰다
근육과 골수를 짜내서 숨 쉰다

남은 수명을 단축시켜 숨 쉰다

목련으로 피어
한께 사랑을
지킨다

핑 돌아버린 정신   진홍빛 핏물 같은 언어
무심코 헛바닥으로   뿜어 삼키다가
입안 가득 고이는   비린내에 토했던 그 어떤 날
봄의 기억은 苦痛   사랑이 마른 땅에
고통은 몸에 익어 슬픔은 기억의 목
時間을 먹고 자라나 무럭무럭 자라서
목련으로 피어 한께 사랑을 지킨다
오늘을 기록한다

김하나의 詩 그날에서 이천십구년 서원 산길 박두천

그 날

핑 돌아버린 정신
진홍빛 핏물 드는 언어
무심코 혓바닥으로 빨아 삼키다가
입안 가득 고이는 비린내에 토했던
그 어떤 날

봄의 기억은 고통
사람이 마른 땅에
고통은 몸에 익어
슬픔은 기억의 몫
시간을 먹고 자라나
무럭무럭 자라서 목련으로 피어

한 끼 사랑을 지킨다
오늘을 기록한다

거길 가자고

팽목항에 두 번 가보았다
한 번은 밤에
한 번은 낮에
낮에 본 바다는 울고 싶은데
몸이 먼저 퉁퉁 젖어 울 수 없었다
바다도 한 번은 뒤집어엎고 싶어 하였으나
지금도 쌓이고 있는 뼈들이 무거웠던지
끙
한마디만 하였다
너는 죽은 자가 아니더냐
어인 일로 예까지 왔는가 출렁

밤
달빛 아래 물결 위로 손톱들이 떠다니고 있었다
바다를 긁고 있었다 철철철

한 번은 식탁 위의 소금이 거길 가자고 하였고
한 번은 걸레에 묻어나온 머리카락이 거길 가자 하
였다

24

너희영혼
은창문이
될것에

무엇을할수있을까
시간도사랑도희망
도모두멈추었던그
날우리는몰랐구나
얼마나많은것을배

신하고살았는지 얼마나많은검은곰팡
이들이우리를삼켰는지 너희차가운
절규위에새로운집을지어야하니너
희를절망하게했던어둠은새로운대
지가될것이라 너희분노는새로운정의
를꽃피울것이라 참담한언어저끝에
너희들은반짝반짝 별처럼모서성이
겠지 슬픈너희들밖에믿을가 없구나

맑고깊은창문이구나

김수영시 너희영혼은창문이될것에
조원명붓과먹물반눈물반

너희 영혼은 창문이 될 것이니
– 세월호 희생자 영전에

너희들은 우리에게 창문이 될 것이니
너희 영혼은 푸른 지붕이 되고 나이테 선명한 기둥
이 될 것이니
마당이 되고 언덕이 되고 강이 될 것이니

꽃잎 같은 너희들, 너희 절실한 기다림을 배신했구나
햇살 같은 너희들, 너희 애절한 기도를 버렸구나

무엇을 할 수 있을까
시간도 사랑도 희망도 모두 멈추었던 그날
우리는 몰랐구나 얼마나 많은 것을 배신하고 살았
는지
얼마나 많은 검은 곰팡이들이 우리를 삼켰는지

너희 차가운 절규 위에
새로운 집을 지어야 하니
너희를 절망하게 했던 어둠은 새로운 대지가 될 것
이라
너희 분노는 새로운 정의를 꽃피울 것이라

억울한 너희 몸뚱이는
우리가 걸어야 할 먼 길이 되었으니
온 민족이 걸어갈 새로운 역사가 될 것이니

탈출하지 못한 너희들이 이제 등대이니
부탁하고 싶구나 세월호 같은 오늘을 탈출할 수 있을까
참담한 언어 저 끝에 너희들은 반짝반짝 별처럼 서성이겠지
슬픈 너희들밖에 믿을 데가 없구나
맑고 깊은 창문이구나

검은우산

아무리 선하고 선하려 해도 최선이 될수 없었다. 최선이 될수 없어서 미안한 마음으로 고개만 숙이고 발밑에 물이 흐르고 또 흐르고 우산이 너무 많았다. 비가 우산을 타고 흐르고 또 우산을 타고 흘렀다. 그렇게 영원히 바닥에 떨어지지 않는 비만 내렸다. 맞힐수 없이 조용히 듣기만 했다. 들어도 서글프고 죄스러운 물이 온몸을 적셨다. 발은 계속 부드러워지고 마음은 왜인지 조금도 부드러워지지 않았다.

김연필 詩 검은우산 에서
김미영 書 [인장]

검은 우산

말할 수 없는 마음들이 모여 우산을 쌓고 있었다
말할 수 없는 우산에서 말할 수 없는 물이 흐르고 또
흐르고

이제는 말할 수 있는 마음이 되어 서로가 서로를 감
싸고 돈다, 몸으로, 손으로, 부드러운 발로, 물에 충분
히 적셔진

그날로부터 우리는 멀어지기 위해 노력했고 다시 비
가 내렸다 멀어져도 비가 내리는 마음을 뭐라 부를지 몰
랐다 부를지 몰라 아무 말 하지 않았다 모두 슬퍼했다
모두 슬퍼서 깃발만 흔들고 놀았다 모두 슬프게 웃으며
모두 아름다운 장례를 치렀다 우산 속에서 조그만 마음
으로 즐겁게만 놀았다

말하지 않아도 우리는 알았지만 우리의 일부는 계속
해 말했다 말하지 않아도 우리는 아는데 왜 자꾸 말을
할까 그래도 자꾸 말을 하고 자꾸 말하며 슬퍼하고 슬
퍼서 노래하고 노래하다 웃고 떠들고 그래 우리는 원래

이렇게 장사를 지냈어 우리는 웃고 떠들며 고인을 보내
는 풍습이 있어 밤새 웃고 떠들고 노래하고 장난치며 사
람들을 보내곤 했어

  그래도 이제는 말할 수 있는 마음이 아닌 거 같았다
조금씩 흔들리는 우산 같았다 우산이 바람에 흔들려서
바람이 계속 불어서 흔들리는 우산에게 뭐라 할 수 없을
것 같았다 아무 말 않다가 선한 마음이 되었다 선한 마
음으로 만든 지푸라기 몸이 되었다 가벼운 몸으로 바람
에 흔들리고 흔들리는 이상한 춤만 추었다

  아무리 선하고 선하려 해도 최선이 될 수 없었다 최선
이 될 수 없어서 미안한 마음으로 고개만 숙이고 발밑에
물이 흐르고 또 흐르고

  우산이 너무 많았다 비가 우산을 타고 흐르고 또 우
산을 타고 흘렀다 그렇게 영원히 바닥에 떨어지지 않는
비만 내렸다
  말할 수 없어 조용히 듣기만 했다 들어도 서글프고 죄

스러운 물이 온몸을 적셨다 발은 계속 부드러워지고 마
음은 왜인지 조금도 부드러워지지 않았다

살아있었다면
너는 더 먼 곳으로
여행을 갔겠지
별을 세었겠지
초여름의
신록을 읽었겠지
바닷물로 차는
수의 가늠은 전겼대로
있지
않았을 거야

기은경 詩 18세 - 2014.04.16
추연이웃 [인]

32

18세

   – 2014. 04. 16

  살아 있었다면 너는 더 먼 곳으로 여행을 갔겠지. 별을 세었겠지. 초여름의 신록을 입었겠지. 바닷물로 짠수의 같은 건 절대로 입지 않았을 거야.

그날의 텍스트

기록은
누락되어 있음부터
다만 있었다
이름 그누락을 통칭하는
이름만이
있었으나 그이름은
전해지지 않는다

끝은 늘 지워진다
그들은 그들이 쓰는텍스트를 따라
천천히 지워졌다
오랜 후에 사건만이 읽힌다
종이색이 된 텍스트의 사건은
누락된다 다만 그날의
텍스트는 종이의 빛이다

김학중 詩 임보경 쓰다

그날의 텍스트

기록은 처음부터 누락되어 있었다. 다만 그 누락을 통칭하는 이름만이 있었으나 그 이름은 전해지지 않는다. 사관들만이 그 이름을 알았을 것이다. 그들은 사초를 썼고 그중 누군가 그날의 시간에 사초를 들고 물가에 발을 담갔다. 종이를 씻는 사람들이 거기 있었다. 그들이 기록한 매일매일의 텍스트가 물결에 씻겨나간다. 오직 기록자만 단 한번 읽은 기록을 씻는다. 다 씻은 종이를 널어 말리는 자의 섬세한 손. 역사가 되지 못한 날들을 쓰고 씻어낸 그가 사관이다. 사건의 결정권자가 아닌 그들은 따로 이름이 없다. 그들은 끝에 있었다. 끝은 늘 지워진다. 그들은 그들이 씻은 텍스트를 따라 천천히 지워졌다. 종이가 텍스트보다 더 귀한 날들의 일이다. 물결이 지나간 텍스트가 마른다. 잘 마른 그날의 텍스트. 깨끗이 지워진 종이는 지워진 텍스트의 빛깔을 지닌다. 텍스트의 빛. 그 빛을 남기기 위해 물가에 선자들이 있었다. 그리고 역사가 지운 것이 사건임을 아무도 모르는 시간이 물을 따라 흐른다. 누군가는 그날의 텍스트 위에 묵빛으로 사건의 기록을 남겼

다. 오랜 후에 사건만이 읽힌다. 종이 색이 된 텍스트의 사건은 누락된다. 다만 그날의 텍스트는 아직도 종이의 빛이다. 그날의 빛이다. 텍스트의 빛이다.

인천항에서 낯선이 포구까지
오는데 수십일이 걸린데다
그사이 몸은 다 썩고
손톱도 다 닳아 졌으니
삼도천이나 건넜을까 몰라
구조된것은 이름 이름들뿐
네 누운 이곳에
네 목소리는 없구나
집에 가자 이제
집에 가자

김해자 詩 피에타
고여성 쓰다 [인장]

37

피에타
- 집에 가자

인천항에서 낯선 이 포구까지
오는 데 수십 일이 걸린 데다
그사이 몸은 다 식고
손톱도 다 닳아졌으니
삼도천이나 건넜을까 몰라
구조된 것은 이름, 이름들뿐
네 누운 이곳에
네 목소리는 없구나
집에 가자 이제
집에 가자

어디서
노랫것을
조조해 왔나요
가만히 있어라
안녕들 하십니까
이윽다 한사실이
모여 드 거판의 책들
에서 썩어가는
냄사가나고 다은
죽어는 눈을
마주치는 일을
삼갔다

🪷

기꺼운 詩 열어 전 번째날
추억어붓

열여섯 번째 날 ⋈⋈

진실의 전단을 들고
두 다리를 사용해 길을 걷다가

경언에게

경언아
우리는 죽었어

말해버렸다
입술이 창백해졌다

사람이라는
말은 이토록 무용하고 유용해

정오와 자정 사이에서
불가능한 것을 하려고

죽어 있는 사람들이
도서관에 모여 있었다

말해볼까

괴담
졸업앨범을 펼치고 죽은 사람을 찾아보자

나 너 너 너
우리

죽은 사람이 산 사람보다 이렇게 많은데
졸업사진은 찍어 뭐 하니

거리에서 매운 물을 뒤집어쓰면
속죄하는 기분이 들어서

밥을 먹었다

미문
국가가 왜 국민을 던져집니다

던져지는 것은
어떻게 내 가족은 죽었습니까

보도합니다
덮습니다

덮어지는 것은
그만할 때도 되지 않았습니까

야, 이 빨갱이 새끼들아
그때만 해도

최루탄이 아름답습니다
차벽이 아늑합니다

망각을 포기하기 위해 국화를 들어본 적이 있습니까

국가란

각별한 주위를 요구합니다

이 아이들은 이 아이들과 중학교를 같이 다녔습니다
역사의 주인공들이지요

어디서 노란 것을 구조해 왔나요

가만히 있어라
안녕들 하십니까

이렇다 할 사실이 모여
도서관의 책들에선 썩어가는 냄새가 나고

사람들은 죽어도
눈을 마주치는 일을 삼갔다

경언에게

경언아

그래도 전단은 붙여야지 산 사람을 찾아야지

말해버렸다
입술은 행동할 수 있다

사람이라는
진실은 이토록 정처 없이 희망차고◁◁◁

⋈많은 이들이 지금 서 있는 시간으로부터 더 먼 시간까지

⋈⋈눈빛을 모아두는 도서관이 있다면 오늘 많은 이들의 눈빛을 거기에 두겠다

⋈⋈⋈눈빛은 어둠을 밝힐 수 있을까요? 검은 머리카락과 흰 머리카락은 또한 그럴 수 있을까요? 엄지와 새끼손가락도 생각해 볼 수 있지요? 발톱의 때만도 못한 것과 우리 임 손톱의 반달은 또 어떻고요? 고립된 시간과 연행된 장소는요? 아침에 눈을 뜨면 보이는 빛과 밤에 눈을 감으면 보이는 친구들은요? 십육 페이지와 삼백 페이지의 네 번째 줄은요? 헤어진 애인이 챙겨간 다리미와 십 년 만에 연락해온 공장 노동자의 육포는 안 될까요? 식물의 돌과 자라나는 돌은요? 조상님들과 조선의 사람들은요? 인도네시아산 유리컵과 중국산 접시? 남자로 태어나 여자가 되고 싶은 사람과 여자가 되어서 여자를 사랑하는 사람은요? 사라진 일곱 시간과 지워버린 일곱 시간은요? 대통령과 전 대통령은요? 무덤까지 가는 진실과 무덤에서도 나오는 진실은 어둠을 밝힐 수 있을까요?

문턱을넘지못한사람
들이있다아직들어오지
못한사람들이있다

그래도 문은 열어두어야한다 열은
열어두어야한다 아이들이들어올
수있도록 들어올수 있도록
바라 저 가느다란 거룩한 소리가 들릴 때까지
땅의 문턱을 넘을때까지

나희덕 시 문턱저편의 말 김덕호쓰다

문턱 저편의 말

문턱을 넘지 못한 사람들이 있다
아직 돌아오지 못한 사람들이 있다

2015년 1월 27일, 열아홉 살의 증인들이 법정에 앉아 있다

광주고등법원 법정 201호
해경 123정 정장 김경일 업무상과실치사상 재판

– 증인은 당시 상황을 자세하게 말해주십시오.

증인 A : 아침 여덟시 오십칠······갑자기 배가······
　　　　자판기와 소파······쏟아지······복도 쪽으
　　　　로······캐비넷······구명조끼를 꺼내······친
　　　　구들은······기다리고······문자를 보냈······
　　　　가만히 있어······우현 갑판쪽······커튼을
　　　　찢어······루프······여학생들······물이······
　　　　바닷물이······탈출······아홉시 오십분······

갑판   위로……헬기……해경……아무
도……아무도……
증인 B : 저……저, 저는……3층 안내데스크 근
처……배가 기우는……미끄러져……벽에
부딪쳤……피가……매점에서……화상을
입은……좌현 갑판……비상구……열려 있
어……승무원들……우리……대기하라고
만……비상구……친구 셋이……끝내……
아홉 시 사십……물이……차올랐……잠
수를……4층 갑판 쪽으로……헬기 소리
가……탈출 후에야……해경……와 있다는
걸……

- 증인은 마지막으로 할 말이 더 있습니까?

증인 B : 할 말……말이 있지만……그만……그래
도……할 말이……해야 할 말이……정신
없이……살아나오긴 했지만……우리 반에
서……저 말고는……아무도……구조되지

48

못했……친구들도……살 수 있었을……아
무도……저 말고는 아무도……

간신히 벌린 입술 사이로 빠져나온 말들이 있다
아직 빠져나오지 못한 말들이 있다

손가락 사이로 힘없이 흘러내리는 말. 모래 한줌의
말. 혀끝에서 맴돌다 삼켜지는 말. 귓속에서 웅웅거리
다 사라지는 말. 먹먹한 물속의 말. 해초와 물고기들의
말. 앞이 보이지 않는 말. 암초에 부딪치는 순간 산산조
각 난 말. 깨진 유리창의 말. 찢긴 커튼의 말. 모음과 자
음이 뒤엉켜버린 말. 발음하는 데 아주 오래 걸리는 말.
더듬거리는 혀의 말. 기억을 품은 채 물의 창고에서 썩
어가는 말. 고름이 흘러내리는 말. 헬리콥터 소리 같은
말. 켜켜이 잘려나가는 말. 잘린 손과 발이 내지르는 말.
핏기가 가시지 않은 말. 시퍼렇게 멍든 말. 눌린 가슴 위
로 다시 내리치는 말. 땅. 땅. 땅. 땅. 망치의 말. 뼛속 깊
이 얼음이 박힌 말. 온몸에 전류가 흐르는 말. 감전된 말.
화상 입은 말. 타다 남은 말. 재의 말.

그래도 문은 열어두어야 한다
입은 열어두어야 한다
아이들이 들어올 수 있도록 돌아올 수 있도록

바다 저 깊은 곳의 소리가 들릴 때까지
말의 문턱을 넘을 때까지

4월에는 노란꽃만 피어라

사월에는 흰꽃도 피지 말아라
분홍꽃도 피지 말아라

사월 한 달
산에 들에 꽃 피지 않는다고
세상이 캄캄해지겠느냐

사월에는
우리 붉은 가슴마다 노란꽃만 피어라
사월이 가도 시들지 않을
노란꽃만 피어라

하루에 한 송이씩
삼백네 송이 노란꽃 피운 후
남은 날들은
아예 노란꽃도 피지 말아라

일 년에 예순하루쯤 꽃 없이 견디란다
꽃 없이 붉은 맨가슴으로만 견디란다

그사이 흰꽃도 캄캄하게 져라
분홍꽃도 캄캄하게 져라
그러나……
노란꽃만은 지지 말아라

우리 붉은 가슴에
사월의 심장으로 남아라

야심찬 계획같은 일일랑 숨겨두었다가

그르침이 있을지라도 세상사는

그릇됨의 연속이며 인생 자체는

배기가 거듭되어도 미련스럽게

그대들이 죽을 때까지 가는 것이며

그대들 다 깨닫는 어지러움도 해해주나니

세월호는 아직도 항해 중이다

망망한 바다
저 망망한 세월을 건너는 배 한 척
우리는 모두가 하나의 세월호다.

우리는 각자의 세월에
가족과 벗들과 또 다른 무엇들을 태운 선장이지만
또 아들호나 친구호, 대한민국호나 지구호의
탑승자 명단에 올라 있는 승객이다.

망망한 바다, 이 망망한 세월을 건너는 동안
나는 너를 책임져야 하고, 너는 나를 책임져야 할
우리는 모두가 한 척의 배, 세월호의 선장이다.

生의 어떤 위기의 순간을 맞았을 때
우리가 속옷 바람으로 허위허위 탈출한다고
살아남을 수 있는 것은 아니다.
우리의 세월호를 침몰시킬 수 있는 것은
오로지 우리가 살아온 세월뿐이다.

아침 해가 떠오르는 수평선 너머
우리가 살아야 할 세월의 끝에
그토록 꿈꾸던 본향의 섬은 있을 것이다.
그 본향에 이르기 전에는
배가 침몰한다고 해서 죽은 것도 아니고
그대들이 죽었다 해도 배가 침몰한 것은 아니다.

그러니 넋들이여.
그대들의 세월호는 아직도 항해 중이다.
또한 수천, 수만의 세월호가 함께 항해하고 있으니
그립다 울지 말고 서럽다 잠 못 이루지 말라.
어두운 하늘 무수한 별이 길을 안내하고
달빛 또한 어둠의 뱃길을 환하게 열고 있지 않은가.

저 멀어지는 바다 건너
너희들을 보러 가지 못해도
시간은 자꾸만 멀어져
다시는 너희들 볼 수 없어도
엄마 아빠는 울지 않으리
저 물 건너지 마오
아으 어린 넘아
이건 그냥 여행일 뿐이야
거기서 나오지 마라
8시 50분을 건너지 말아라

백무산 詩 '가만 있으라 8시 49분에'에서
고 있손 쓰다

57

가만있으라, 8시 49분에

가만있으라 그 자리 그대로
거기 있으라 8시 49분에

배는 파도 위를 두근두근 달리고
봄 바다는 파룻파룻 눈에 일렁이고
물결은 가슴에 출렁 부서지고
심장은 일없이 마구마구 설레고
저 물 건너지 마라
친구들과 맘껏 놀고 뒹굴고
이건 여행일 뿐이야 먹고 싶은 것 먹고 사진 찍고
엄마에게 문자 보내고
거기서 나오지 마라 8시 49분에서

저 멀어지는 바다 건너 너희들을 보러 가지 못해도
시간은 자꾸만 멀어져 다시는 너희들 볼 수 없어도
엄마 아빠는 울지 않으리

저 물 건너지 마오 아으 어린 님아
이건 그냥 여행일 뿐이야

거기서 나오지 마라
8시 50분을 건너지 말아라

60

다시, 임의 침묵

한 개비 성냥불이
수백만 개의 촛불로 옮겨 타듯이

내가 숨 쉬고 있는 저 하늘
이 푸른 시간은 세월호의 임들이 남겨놓은 것
내 안에는 꺼지지 않을 촛불이 타고 있습니다

임은 갔지만 나는 임을 보내지 아니하였습니다
타고 남은 재가 다시 기름이 되는 역설의 시간을
살고 있습니다
살아내야 합니다

이제 걷잡을 수 없는 슬픔의 힘을 옮겨서
새 희망의 정수박이에 들어붓습니다

갔어도 보낼 수 없는 것
갔어도 가지 않은 것이 있습니다
그래서 청청하게 살아있는 것이 있습니다

내가 그 아이들입니다
아이들이 나입니다

제 곡조를 못 이기는 사랑의 노래는 임의 침묵을 휩
싸고 돕니다

*한용운의 「임의 침묵」에서 마음과 표현을 빌려왔습니다.

아무리 기다려도
기다려봐도
다시 올 수 없는
그대를 생각하며
오늘도 어제처럼
그저 멍하니
시린 바다만 바라보다
눈물 흘렸습니다.

그래서인지 다시 또 봄 이제 조금은 알 것도 같습니다. 새 떠지도 않은 봄은
꽃 망울만 보면 왜 자꾸 슬퍼지고 왜 자꾸 가슴 저리며 아파 오는지

손 해봉이 다시 또 봄
한복진 쓰고 찍다

다시 또 봄

아무리 기다려도 기다려 봐도
다시 돌아올 리 없는 그대를 생각하며
오늘도 어제처럼 그저 멍하니
시린 바다만 바라보다 눈물 흘렸습니다
그대 떠나고 다시 또 봄
이제 조금은 알 것도 같습니다
채 피지도 않은 붉은 꽃망울만 보면
왜 자꾸 슬퍼지고
왜 자꾸 가슴 저미고 아파오는지……

침몰해야 하는 것은
이런 우리들의 작은 생의 조각배들이 아니라
저 악독한 자본의 순항함이라고
저 부당하고 무능한 정권의 호화유람선이라고

이제 그만 이 세월호의 항로를 바꿔요
이윤이 중심이 아닌
모든 인간의 생명과 존엄이 중심인 세상으로
우리 모두가 우리 모두의 생의 조타수로
갑판원으로 구조대원으로 나서요

저 아이들의 아픈 영혼들이 설려
저 먼 우주의 은하수로 가는 그 배만큼은
안전할 수 있게
평화로울 수 있게
신날 수 있게 기쁠 수 있게
우리 이제 가만히 있지 말아요
우리 이제 가만히 있지 말아요

송경동 詩 '이 세상에서 가장 슬픈 수학여행을 떠난 아이들에게'에서

보리씀

이 세상에서 가장 슬픈 수학여행을 떠난 아이들에게

엄마 아빠
구조대 아저씨들은 언제 오나요
늠름한 해경은 해군은 언제 오나요
구명정은 언제 오나요
구조헬기는 언제 오나요
그 많은 최첨단 전쟁무기들은 모두 어디에 쓰나요

엄마 아빠
이 방을 나가고 싶어요
왜 내 앞의 인생의 문이 모두 닫혀야 하나요
숨이 막혀요
왜 내 인생이 이렇게 갑자기 기울어져야 하나요
누가 나를 이 답답한 시대의 선실에 가두었나요

그렇게……
안전한 선실에서
가만히 있어라는 말을 믿다가
착한 아이들이 죽어갔어요
가만히 있어라는 협박과 기만 속에

무수한 노동자민중들이 죽어가고 있어요
더 많은 민주주의가 숨이 막혀 죽어가고 있어요
안전한 것은 늘 저들 자본과 정권의 금고뿐

우리는 어떻게
이 잔혹한 사회의 심해에서 죽지 않고
안전하게 살아 탈출할 수 있을까요
우리는 어떻게 이 참혹한 세월로부터 벗어나
다른 미래를 살아볼 수 있을까요

분명 한 시대가 기울고 있는데
한 세월이 침몰해 가고 있는데
얼마나 더 우리는 가만히 있어야 하나요
얼마나 더 저들에게
이 참혹한 세월의 키를 맡겨야 하나요

살려달라고 아직도 아이들이
이 못된 과적의 세상
저 밑바닥에 짓눌려 울부짖고 있어요

저 차디찬 고해의 바다 속에서
놀란 눈을 감지 못하고 있어요

침몰해야 하는 것은
이런 우리들의 작은 생의 조각배들이 아니라
저 악독한 자본의 순항함이라고
저 부당하고 무능한 정권의 호화유람선이라고

이제 그만 이 세월호의 항로를 바꿔요
이윤이 중심이 아닌
모든 인간의 생명과 존엄이 중심인 세상으로
우리 모두가 우리 모두의 생의 조타수로
갑판원으로 구조대원으로 나서요

저 아이들의 아픈 영혼들이 실려
저 먼 우주의 은하수로 가는 그 배만큼은
안전할 수 있게
평화로울 수 있게
신날 수 있게 기쁠 수 있게

우리 이제 가만히 있지 말아요
우리 이제 가만히 있지 말아요

구원받아

나는 영원히 구원받았습니다
누가 나를 죄에서 건져 내겠습니까
나자신 빼놓고는 아무도 없습니다
나자신 빼놓고는 아무도 없습니다

정영우님의글에서
구원받는 순간이었다

숨바꼭질

나는 형이 숨었다고 생각해
옷장이나 문 뒤에 숨어 있다가
예전처럼 갑자기 뛰어나와서
휘파람 불며 내 귀를 잡아당길 것 같아
지금도 휘파람 소리가 들리는 거 같고
형의 킥킥대는 웃음소리도 들려
그런데 형, 왜 이렇게 안 나와
못 찾겠어 형, 얼른 나와
설마 의리 없이 우리만 두고
진짜 하늘나라 간 거 아니지
엄마 아빠랑 나만 두고 간 건 아니지
진짜 하늘나라 갔으면
죽어도 다신 형 얼굴 안 볼 거다
난 이제 노란색이 싫어
산수유 유채꽃 왜 이렇게 다 노랑인 거야
달을 봐도 눈물이 나고 리본만 봐도 눈물이 나와
빨리 나와, 형
그렇게 오래 숨어 있으니까 엄마가 또 우시잖아

꽃이피고

마음깊이그리운

꽃처럼다시오고

돌에도새기고싶은

바람이지나가면이것은돌에새기고싶어라고적어놓았다가나중에지워지곤하였지만 그래도잊어버리고싶지않은것은돌에도마음에새겨지기라도하는

언제까지고 우리는 너희를 멀리 보낼 수가 없다

언제까지고 우리는 너희를 멀리 보낼 수가 없다
아무도 우리는 너희 맑고 밝은 영혼들이
춥고 어두운 물속에 갇혀 있다고는 생각지 않는다
밤마다 별들이 우릴 찾아와 속삭이지 않느냐
몰랐더냐고 진실로 몰랐더냐고
우리가 살아온 세상이 이토록 허술했다는 걸
우리가 살아온 세상이 이렇게 바르지 못했다는 걸
우리가 꿈꾸어온 세상이 이토록 거짓으로 차 있었다
는 걸
밤마다 바람이 창문을 찾아와 말하지 않더냐
슬퍼만 하지 말라고
눈물과 통곡도 힘이 되게 하라고
올해도 사월은 다시 오고
아름다운 너희 눈물로 꽃이 핀다
너희 재잘거림을 흉내 내어 새들도 지저귄다
아무도 우리는 너희가 우리 곁을 떠나
아주 먼 나라로 갔다고는 생각지 않는다
바로 우리 곁에 우리와 함께 있으면서
뜨거운 열망으로 비는 것을 어찌 모르랴

우리가 살아갈 세상을 보다 알차게
우리가 만들어갈 세상을 보다 바르게
우리가 꿈꾸어갈 세상을 보다 참되게
언제나 우리 곁에 있을 아름다운 영혼들아
별처럼 우리를 이끌어 줄 참된 친구들아
추위와 통곡을 이겨내고 다시 꽃이 피게 한
진정으로 이 땅의 큰 사랑아

꽃핀 정원에 울려 퍼지다
그대로 멈춰버린 한낮 창
그가 죽었으니 그를 내 이름으로
불러도 되겠습니까

신용목詩 공동체에서
김순자 쓰다

공동체

　내가 죽은 자의 이름을 써도 되겠습니까? 그가 죽었으니
　내가 그의 이름을 가져도 되겠습니까? 오늘 또 하나의 이름을 얻었으니
　나의 이름은 갈수록 늘어나서, 머잖아 죽음의 장부를 다 가지고

　나는 천국과 지옥으로 불릴 수도 있겠습니까?

　저기
　공원에서 비를 맞는 여자의 입술에서 그의 이름이 지워지면, 기도도 길을 잃고
　바닥에서 씻기는 꽃잎처럼 그러나 당신의 구두에 붙어 몇 발짝을 옮겨가고……

　나는 떨어지는 모든 꽃잎에게 대답하겠습니다.

　마침내 죽음의 수집가,
　슬픔이

젖은 마을을 다 돌고도 주인을 찾지 못해 누추한 나에게 와 잠을 청하면,
찬물이 담긴 주전자와
마른 수건 하나,
나는 삐걱거리는 몸의 계단을 밟고 올라가는 목소리로 물을 수 있습니다.
더 필요한 게 있습니까?

그러나 아무것도 묻지 않을 것이다.
달라고 할까 봐.
꽃 핀 정원에 울려 퍼지다 그대로 멈춰버린 합창처럼,
현관의 검은 우산에서
어깨에서…… 빗물처럼
뚝뚝,

낮은 처마와 창문과 내미는 손

위에서

망각의 맥을 짚으며

또,

보고 싶다고…… 보고 싶다고……

울까 봐.

그러면 나는 멀리 불 꺼진 시간을 가리켜 그의 이름을
등불처럼 건네주고,

텅 빈 장부 속에

혼자 남을까 봐. 주인 몰래 내어준 빈방에 물 내리는
소리처럼 떠 있는

구름이라는 물의 영혼, 내 몸속에서 자라는 천둥과 번
개를 사실로 만들며

네 이름을 훔치기 위해

아무래도 죽음은 나에게 눈을 심었나 보다, 네 이름을
가져간 돌이 비를 맞는다.

귀를 달았나 보다, 돌 위에서 네 이름을 읽는 비처럼,

내가

천국과 지옥을 섞으며 젖어도 되겠습니까?

저기

공원을 떠나는 여자의 붉은 입술처럼, 죽음을 두드리는 모든 꽃잎이 나에게 기도를 전하는……

여기서도

인생이 가능하다면, 오직 부르는 순간에 비가 그치고 무지개가 뜨는 것처럼

사랑이 가능하다면,

죽은 자에게 나의 이름을 주어도 되겠습니까? 그가 죽었으니 그를 내 이름으로 불러도 되겠습니까?

심장보다높이

물이 심장보다높이 차오를때 불안해 하지 않는 사람은 없다 깊은 물 속으로 걸어들어갈 때 무의식적으로 손을 머리위로 추켜올린다 무너질 수 없는 것들이 무너지고 가라앉으면 안되는 것들이 가라앉았다 꿈 속의 얼굴들을 반죽처럼 흘러내렸다 덜 지은 녹서처럼 흐릿하고 지저분했다 누군가 구겨버린 꿈 누군가 짓밟아버린 꿈

신철규 詩에서 정갑효 書

심장보다 높이

욕조에 몸을 담그고 있는데 전기가 나갔다
밖에는 비가 내리고
녹슨 슬픔들이 떠오른다
어두운 복도를 겁에 질린 아이가 뛰어간다

바깥에 아무도 없어요?
내 목소리가 텅 빈 욕실을 울리면서 오래 떠다니
다가 멈춘다

심장은 자신보다 높은 곳에 피를 보내기 위해 쉬지
않고 뛴다
중력은 피를 끌어내리고
심장은 중력보다 강한 힘으로 피를 곳곳에 흘려보
낸다

발가락 끝에 도달한 피는 돌아올 때 무슨 생각을 할까
해안선 같은 발가락들을 바라본다

우리가 죽을 때 심장과 영혼은 동시에 멈출까

뇌는 피를 달라고 아우성칠 테고
산소가 부족해진 폐는 조금씩 가라앉고
피가 몸을 돌던 중에 심장이 멈추면 더 이상 추진력을
잃은 피는 머뭇거리고
나아갈 수도 돌아갈 수도 없고
할 말을 찾지 못해 바짝 탄 입술처럼
그때 내 영혼은 내 몸 어딘가에 멈춰 있을까

물이 심장보다 높이 차오를 때 불안해하지 않는 사
람은 없다
깊은 물속으로 걸어 들어갈 때
무의식중에 손을 머리 위로 추켜올린다

무너질 수 없는 것들이 무너지고 가라앉으면 안 되는
것들이 가라앉았다
꿈속의 얼굴들은 반죽처럼 흘러내렸다
덜 지운 낙서처럼 흐릿하고 지저분했다

누군가가 구겨버린 꿈

누군가가 짓밟아버린 꿈

어떤 기억은 심장에 새겨지기도 한다
심장이 뛸 때마다 혈관을 타고 온몸으로 번져간다

나는 무섭고 외로워서 물속에서 울었다
무섭기 때문에 외로웠고
외로웠기 때문에 무서웠다
고양이가 앞발로 욕실 문을 긁고 있다

다시 전기가 들어오고 불이 켜진다
물방울을 매달고 있는 흐린 천장이 눈에 들어오고

어둠과 빛 사이에서 김이 모락모락 피어오른다
서로를 조금씩 잃어가면서
서로를 조금씩 빼앗으면서

납덩이가 된 심장이 온몸을 내리누른다

네번째 16일

아침

그날도 이런날이었겠
구나 민들레가 꽃으로
피다 못해 별로 피어나는 애기똥풀이 꽃
으로 피다 못해 달로 병풀어 지는 백합
이철든 아이처럼 태역도 없이 꽃이 피려 향
기를 밀어올리는 그날도 이렇게 꽃이 피기
도 꿈을 꾸기도 하는 날이었겠구나 그래서
더욱 서러운 날이었 겠구나

안상학 詩 3 연 정진호 붓

84

네 번째 4월 16일 아침

그날이 이런 날이었구나
여느 때처럼 해가 뜨고 산꿩이 울고
햇살도 바르게 아침이 오고 있는 날이었구나
오늘같이 민들레도 피고 애기똥풀도 피고
백합이 꽃대를 기운차게 밀어 올리는 그런 날이었구나
이렇게 꽃이 피고 이렇게 기운이 솟구치는 날이었구나

그런데 그날은 어찌하여
온통 지는 꽃만 눈에 밟혔는지
개나리도 지고 진달래도 지고
벚꽃이 천지사방 떨어지고 떨어져서 흩날리기만 하
던지
피다 만 꽃들이 그만 눈을 닫고 입술을 여미며
떨기째 송이째 통째로 지기만 하던지
지는 꽃만 눈에 밟혀오던지

그날도 이런 날이었겠구나
민들레가 꽃으로 피다 못해 별로 피어나는
애기똥풀이 꽃으로 피다 못해 달로 벙글어지는

백합이 철든 아이처럼 내색도 없이 꽃이며 향기를 밀
어 올리는
　그날도 이렇게 꽃이 피기도 꿈을 꾸기도 하는 날이
었겠구나
　그날도 분명 이런 날이었겠구나
　이런 날에 꽃잎 무덕무덕 떨어져 더욱
　그래서 더욱 서러운 날이었겠구나

사랑

그날 이후 누군가는 남은 전생애로 그 바다를 건너고있다 그것은 깊은일 오늘의 마지막 커피를 마시는 밤 아무래도 이번생은 무책임해야겠다 오래 방치해두다 어느날 더이상 존재하지않는 어떤 마음처럼 오래 끌려다니다 어느날 더이상 쓸모없어진 어떤 마음처럼 아무래도 이번 생은 나부터 죽고 봐야겠다 그리고도 남는 시간은 삶을 살아야겠다 아무래도 이번생은 혼자 밥먹는 혼자 우는 혼자 죽는 사람으로 살다가 죽어야겠다 찬성할수도 반대할수도 있지만 침묵해서는 안되는 그것은 깊은일

안현미詩 깊은일 _ 신민경 쓰다

87

깊은 일

그날 이후 누군가는 남은 전 생애로 그 바다를 견디고 있다

그것은 깊은 일

오늘의 마지막 커피를 마시는 밤

아무래도 이번 생은 무책임해야겠다

오래 방치해두다 어느 날 더 이상 존재하지 않는 어떤 마음처럼

오래 끌려다니다 어느 날 더 이상 쓸모없어진 어떤 미움처럼

아무래도 이번 생은 나부터 죽고 봐야겠다

그리고도 남는 시간은 삶을 살아야겠다

아무래도 이번 생은 혼자 밥 먹는, 혼자 우는, 혼자 죽는 사람으로 살다가 죽어야겠다

찬성할 수도 반대할 수도 있지만 침묵해서는 안 되는 그것은 깊은 일

우리는 언제나 힘들고 지칠 때 음악을 듣는다

그리고 행복한 순간에도
음악은 늘 우리 곁에 있다

음악이 있어 우리의 삶은
더욱 풍요롭고 아름다워진다

이철우 시집에서

오늘의 편지

　　머리끝까지 이불을 덮고 나면 숨이 부족하더군요 팔다리를 움직이면 춤에 가까운 헤엄을 치게 되더군요 오늘의 창문은 노란빛입니다 오늘의 단어는 슬픔과 가깝고요 지난 계절, 친구는 이제 바다가 아름답지 않다고 울먹였습니다 어느 꿈속에서는 익사하고 있었습니다 사람들은 헤엄에 가까운 춤을 추고요 해변의 소년 소녀는 환한 것이 있다고, 저 먼 바다를 가리키며, 기다려야 할 것이 있다고 중얼거리는데요 눈을 뜨면 숨이 부족했습니다 나 혼자 이불 속에 잠겨 있고요 오늘의 슬픔으로 리본을 묶을 수 없더군요

91

마르지 않는 수요일의 장송곡

돌아오지 않는다 금요일이
잊히지 않는다

오랜 장송곡이 봄 내내 흐르고 있다

끝을 알 수 없는 여정과
대답 없는 이름들이
영영 마르지 않는 수요일이

사월 바다
손끝에서 재구성되고 있다

도무지 묽어지지 않는
슬픔의 농도

사랑해요
빛이 닿지 않는 바닥을 더듬어가며
마지막 숨을 다해 남긴 그 말이
다시는 가만히 있지 않겠다는

약속이라는 것을

아는가
망가진 봄을 살아내는 당신아

여전히 수요일은 젖어 있는데
무슨 염치로
이승의 꽃들은 피고 지나

금요일은 오지 않고
난분분하는 장송곡

그날 수업시간에 그애는
울기 시작했다 아무도 그애
를 건드리지 않았는데 말
이다 결국 이상하게 변한
선생님은 어쩔줄 몰라했
고 우리들도 고개를 숙이고 딴
짓을 했다 선생님은 아래
의 단어들을 이야기했을뿐이다

4월 봄바다

잊고있었다 그 아이의 언니는
단원고 학생이었다

유현아 시 「말할 기미 어려운
정운 김미정 쓰다 情

말 걸기의 어려움

전학 온 그 애는 늘 혼자 다닌다
수학여행도 가지 않았다
몸에 무엇이라도 닿으면 화들짝 놀란다
2년째 우리는 같은 반이지만
말 한마디 걸어본 적 없다

반 아이들은 그 애를 은근히 따 시킨다
내 마음은 그 아이와 말하고 싶은데
다른 애들 눈치 보느라 말 걸기를 못하고 있다

그날 수업시간에 그 애는 갑자기 울기 시작했다
아무도 그 애를 건드리지 않았는데 말이다
얼굴이 하얗게 변한 선생님은 어쩔 줄 몰라 했고
우리들은 고개를 숙이고 딴짓을 했다

선생님은 아래의 단어들을 이야기했을 뿐이다
4월, 봄, 바다
잊고 있었다

그 아이 언니는 단원고 학생이었다

그 아이에게 말을 걸어야겠는데
오늘은 아니고 내일
오늘은 말 거는 연습을 해야겠다

파도는 그들에게 닿지 못한다

오래된 과자봉지를 뜯으며 다
죽었는데 빛처럼 많아지는
마음을 들여다 본다 너무 살려고
애쓰지마 물을 뚝뚝 흘리며
소녀들이 모래사장을 걸어간다
모두 돌아가자 쉴 수 있어
해변에서

이영주 詩 사월의 해변에서
김명희 쓰다

4월의 해변

해변을 걷다 보면 내가 자꾸 떠내려온다. 발이 많으면 괴물처럼 보이지. 나는 편지를 쓰러 해변에 자주 온다. 무엇인가를 썼다고 생각했는데 다 젖어버렸다. 다시 쓰러 기울어진 선박으로 들어간다. 물 가까이에서 살면 산책할 때마다 울게 돼. 그 울음을 헤치고 나아가느라 발이 많은 괴물아. 체육복을 입은 소녀들이 서로 발이 엉켜 모래밭에서 뒹군다. 파도는 그들에게 닿지 못한다. 오래된 과자봉지를 뜯으며 다 죽었는데 발처럼 많아지는 마음을 들여다본다. 너무 살려고 애쓰지 마. 물을 뚝뚝 흘리며 소녀들이 모래사장을 걸어간다. 모두 돌아가자. 쉴 수 있어. 해변에서.

대체 무엇을 반성해야 하냐고
반문하시겠지만 스스로가 걸어서
리러지린걸요 글을 쓰고 문장을 다듬어
서 선처를 구한다는 것은 내잘못에
비해 너무 미약하잖아요 살아보도록
노력한다해도 어떻게 용서가 되겠
어요 재난이 선포되고 2년이 지난 해
였지요 4월이었어요 안산으로 순례를
떠나기전에 책상에 앉아서

이용훈 詩에서
김영장 쓰다

반성

　세상에나 불현듯 반성문을 써야겠다고 생각 들었어
요 중학교 졸업식 날 연필에게 잘 살아 잘 가 고별했는
데 이제사 반성문이라니 효창맨션에 세워진 자전거를
훔쳤어요 슈퍼마켓에서 풍선껌을 훔쳤어요 반성합니다
반성합니다 공책에 반성한다 적었어요 그래야 숨통이
트일 것 같아서 순가락 들었던 날들을 세어보니 반성이
라는 두 글자가 크잖아요 무겁잖아요 공책 한 권은 작
고 작아요 반성이라고 적는다고 다 같은 반성이 될 수
는 없잖아요 평생 반성한다 해도 어떻게 사람이 반성만
하면서 살 수 있겠냐고 생각하시잖아요 편하게 숨 쉬는
것도 문제잖아요 대체 무엇을 반성해야 하냐고 반문하
겠지만 스스로가 잘 아시리라 믿어요 글을 쓰고 문장을
다듬어서 선처를 구한다는 것은 내 잘못에 비해 너무
미약하잖아요 살아보도록 노력한다 해도 어떻게 용서
가 되겠어요 재난이 선포되고 2년이 지난 해였지요 4월
이었어요 안산으로 순례를 떠나기 전에 책상에 앉아서

가늠하다

포구에서 너는 돌을 던지곤 했다
나는 같은 질문을 반복하고
대답하지 않고 돌을 던지곤 했다

배가 하나둘 떠날 즘이면 내게 밥물 재는 법을 가르
쳤다
눈대중으로도 할 수 있는 날이 오면 알게 될 거라고
했다

비가 고인 웅덩이를 보면
너라면 어땠을까
생각이 차오른다
웅덩이에 손을 담그면 바닥이 질다는 걸 알 수 있다

쌀을 씻고 밥물을 맞추며
오늘은 오늘의 질문을
내일은 너의 대답을 들으러 가야지

네가 떠나고도 바다가 잠잠해지지 않았다

눈물이 고이지 않았는데도 그랬다

포구로 가면 물을 볼 수 있다
아직 질문을 던질 수 있는 물이다

또박또박 한 자 한 자 네가 적어
놓은 네 이름이 자리 나는 봄 내가
적어 보는 네 이름이 떨어지는
가을 네 이름을 부르면 뜨거운
태양이 타는 여름 네 이름을
들으면 나무도 얼음이 되는 겨울

임성용 詩 '네 이름을 부르며'에서
한미숙 쓰다.

네 이름을 부르며

네 이름을 이젠 부를 수 없다
아니야,
네 이름을 날마다 부르지만
너는 대답할 수 없다
아니야,
넌 목놓아 나를 부르지만
난 대답할 수 없다

네 이름을 데리고 네 목소리는 사라졌다
아니야,
네 이름은 죽는 날까지 내 가슴에 남아 있다

또박또박 한 자 한 자
네가 적어놓은 네 이름이 자라나는 봄
내가 적어보는 네 이름이 떨어지는 가을
네 이름을 부르면 뜨거운 태양이 타는 여름
네 이름을 들으면 나무도 얼음이 되는 겨울

네 이름이 온다

네 이름이 아프다
네 이름에 내 생각 온통 물든다
네 이름 홀로 어디 갔나
네 이름 어느 하늘 무리 지어 빛나나

통곡의 세월
잔인한 기다림
네 이름에 갇힌 네 이름이여
네 목소리가 들릴 때마다
살아 숨 쉬며 일렁이는 네 얼굴이여

동아기사들의 삶이 스스로 안쪽(속)으로 향하니까
것만을 움켜쥐려고 내가 그것(안)으로 가니까
우리 인지가 그런 모두가 그러니까 두려움
가 그 사이의 그런 내 몸, 데어야 하는 몸, 세상에,
모두를 아는 세상에 나가는 존재들이라고 합니다

삶이 먼저 행복해야
함이 시행복함을 다짐했다

입하

목련 그늘 옆에서 네가 허묘를 파고 있다

착한 아이야 여기 몸을 가지런하게 벗어두고 떠났구
나

어린 가지에 걸린 낮달이 해지듯

나는 시름없이 누워 피가 도는 입술을 문 채 앞으로
식어갈 바람 따위를 헤아려 본다

슬하의 산등성이가 뼈와 살을 털고 흰 영혼을 몰아
쉴 때까지

백지를 넘기며 싯푸른 목탄 냄새나 맡고 싶다

좋은 날마저 하품하듯 마르고

툭 하니 돌을 골라내는 손을 보면 헛웃음이 샌다 잔
풀 아래서 함부로 헤집어지는 일을 열사병이라 부를 수

있을까 새끼를 치는 고라니가 처서 즈음을 건너다보고
　그 깊은 눈동자 뒤에서 무언가

　무너지고 있다

　돌아가자 목이 잠기고 안색이 흐릿하니까 정말로 목
련나무가 마냥 져버렸으니까 우리 인제 그만 모두가 기
다리는

　집으로 가자

　이곳은 내륙인데 여러 물새가 새의 모양을 하고 해안
선 너머로 터뜨려진다

　숨이 따뜻한 너와 지상에서 만나 아름다웠다

이 세계의 끝은 어디일까
수면 위로 물고기가 뛰어올랐다
빛바랜 백지를 풀어내면서 빛바랜 백지가 있었다
선미에서 선내가 사라질까봐
두 손을 크게 훈들었다
컹컹 짖는 개를 잡고 들 때까지 쓰다듬고
종이 상자에서 곰팡이 핀 곳을 골라내며
기도했었다 고요했다 태풍이
온다던데 아무런 진전이 없었다

너는 나를
미워하지 않는다

최지인 詩 죄책감 담은 김수경 붓

죄책감

너와 손잡고 누워 있을 때
나는 창문에서 뛰어내리는 한 사람을 떠올렸다

이 세계의 끝은 어디일까
수면 위로 물고기가 뛰어올랐다

빛바랜 벽지를 뜯어내면
더 빛바랜 벽지가 있었다

선미船尾에 선 네가 사라질까 봐
두 손을 크게 흔들었다

컹컹 짖는 개를
잠들 때까지 쓰다듬고

종이 상자에서
곰팡이 핀 귤을 골라내며

나는 나를 미워하지 않는다

기도했었다

고요했다
태풍이 온다던데

아무런 진전이 없었다

꽃들이 사람으로 스스로 나서서 보는 우리의 얼굴

스스로가 꽃 못 잊어 기억하는 그 꽃이시며

채 못 가진 것 없이서 살아나는...

2014년 4월 ...

한글서예가 ...

갑오년 봄날에

우리 한 자루 촛불이 되자

꽃들이 세상으로 소풍 나오는 봄
우리 어여쁜 꽃들도 소풍가던 날
꽃잎 가득 실은 배가 맹골수로에 수장된
2014년 4월 16일

아!
물에 갇혀 죽어가는 어린 생명들 떠올려보기만 해도
가슴이 터질 것 같아
상상도 급히 접어버릴 수밖에 없는데
304명의 생명이 죽었는데
일천 날이 지났어도 그날을 생각하면
사람들 모두 가슴이 벌렁벌렁 거린다는데
실행된 구조조치가 하나도 없었는데
최선을 다해 죄가 없다니
죄가 없다니
죄를 못 느끼는 그 마음이 바로 죄 아닌가
그보다 더 큰 죄가 어디 있겠는가

사람이라면, 입장 바꿔볼 줄 아는 사람이라면

식탁에 숟가락을 놓다가
거리를 지나는 교복 입은 학생들의 뒷모습을 보다가
세면대 한쪽 먼지 앉은 칫솔을 보다가
덜컥, 걸음을 멈추었을
유족들을 헤아려볼 수 있다면
DNA로 혈육을 확인해야 했던,
아직도 돌아오지 못한 실종자를 기다리고 있는
유족들을 위하는 마음이 털끝만큼이라도 있다면

따뜻한 물을 서로 나누고
촛불에 머리카락이 타도 화내지 않고
개인으로서의 나를 버리고 촛불 한 촉으로 피어나는
배려하는 마음 가득한 촛불바다를
푸른 기와집 배 한 척으로,
어둠을 흩뿌리며
감히 꺼버리려 할 수 있었겠는가

국기를 뒤흔들어 놓고도
모른다!고 일관하는 추한 어둠들 물리치려

우리가 치켜든 촛불은
양심의 탄환이다
부드럽고 밝은 파편으로
사욕에 더럽혀진, 죄에 찌든
양심을 일깨우려는, 최후의 선한 마음이다

타올라라
천만 시민이 손에 꺼내든 환한 심장
오, 촛불이여!
어둠이 밀려올수록 더 밝게 빛나는
불의 눈물 촛불이여
꺼지는 한이 있어도 드러눕지 않는
자신을 밝게 하려고 불타본 적이 없는
희생의 꽃, 촛불이여

죽임당하며
살아나
물 밖 세상도 침몰 중이라고
우리를 자각시켜준

2014년 4월 16일 원혼들의 외침
그 고귀한 말씀의 촛불
그 소중한 촛불의 눈으로

보라, 썩은 수뇌부를.
이건 나라의 뇌졸증이다
깁스로 치료될 손가락 발가락 골절상이 아니다
당장 수술하지 않으면
피의 순환이 멈춰
나라가 마비되고 굳어지고 썩어 나자빠질
시간이 촉박한 응급상황이다
나라를 어지럽힌 자들의 즉각적인
물러남만이, 처벌만이 타당한 처방이다
그 길만이 우리나라가 살 길임은
몸이 타들어가도 어둠과 타협하지 않는
촛불처럼 자명하다
우리, 어둠 앞에,
꺼지지 않는, 꺼지지 않을
한 자루 촛불이 되자

우리들의, 지금, 이 분노를
한 숨통으로
몰아치며

꽃들이 세상으로 소풍 나오는 봄
우리 어여쁜 꽃들도 소풍가던 날
꽃잎 가득 실은 배가 맹골수로에 수장된
2014년 4월 16일
그날을 생각하며
끝까지 전진하자

함께 타오르자!

섬이 되고 싶어요

엄마 섬이 되고 싶어요 온몸이 별빛 찰랑거리는 바다에
등을 기댄 물살이 가슴을 쳐도 눈 감고 가만히 뻗어 오는 손도
잡지 못하고 볼록으로 엄마의 이름을 내뱉어요
엄마 섬이 되고 싶어요 젖은 그림자들이 부르는 노래를 손에 쥐고
입 김 아래로 눈물 아래로 가라앉고 있어요 사월은 어디까지
가라앉을까요 엄마 섬이 되고 싶어요 목 놓아 부르는 소리를
받아주는 바람느 되돌아 갈 길을 가늠해주는 꽃 구름 푸른
바다 위에 눕고 싶어요 허유미 시 섬이 되고 싶어요 허유경 붓

섬이 되고 싶어요

엄마 섬이 되고 싶어요
온몸이 별빛 찰랑거리는 바다에 닿았어요
물살이 가슴을 쳐도
눈 감고 가만히
뻗어 오는 손도 잡지 못하고
볼 밖으로 엄마의 이름을 내뱉어요

엄마 섬이 되고 싶어요
젖은 그림자들이 부르는 노래를 손에 쥐고
입김 아래로
눈물 아래로
가라앉고 있어요
사월은 어디까지 가라앉을까요

엄마 섬이 되고 싶어요
목놓아 부르는 소리를
받아주는 바람
되돌아갈 길을
가늠해주는 꽃구름
푸른 바다 위에 눕고 싶어요

사흘

바위가 미끄러워
넘어질 뻔한 친구
잡아주려다 그만
발을 헛짚어 넘어
져 아픈 엉덩이 폭포
같은 눈물 흘릴 것
같은 정방폭포

나흘

촉촉한 너의
이름에 손을 내밀어
붙잡고 함께 오르는
성산 일출봉 유채꽃
만발한 바다

현택훈 詩 '우리들의 수학여행'에서
이채경 쓰다

우리들의 수학여행

하루
헤어롤처럼 넘실거리는 파도
용두암에서 손가락으로
브이 자를 그리고
찰칵 사진을 찍고

이틀
한림공원에서 좋아하는 남학생에게
고백하는 쪽지를 건네고
볼이 빨개지고
버스에서 남학생이 그
여학생에게 껌을 건네고

사흘
바위가 미끄러워 넘어질 뻔한 친굴
잡아주려다 그만
발을 헛짚어 넘어져 아픈 엉덩이
폭포 같은 눈물 흘릴 것 같은
정방폭포

나흘
축축한 너의 이름에
손을 내밀어 붙잡고
함께 오르는 성산일출봉
유채꽃 만발한
바다

참여작가

「만난 적 없이 헤어진 사람」· 글 권민경, 붓 이성애

「봄은 죽었다. 그러나」· 글 권선희, 붓 박정화

「슬픔에게」· 글 권혁소, 붓 송정선

「장마」· 글 김근, 붓 김선

「유가족」· 글 김기택, 붓 장동광

「그 날」· 글 김사이, 붓 박철

「거길 가자고」· 글 김성장, 붓 김성장

「너희 영혼은 창문이 될 것이니」· 글 김수우, 붓 조원명

「검은 우산」· 글 김연필, 붓 김명숙

「18세」· 글 김은경, 붓 추연이

「그날의 텍스트」· 글 김학중, 붓 임보경

「피에타」· 글 김해자, 붓 고여성

「열여섯 번째 날」· 글 김현, 붓 추연이

「문턱 저편의 말」· 글 나희덕, 붓 김정혜

「4월에는 노란꽃만 피어라」· 글 문신, 붓 권오진

「세월호는 아직도 항해 중이다」· 글 박두규, 붓 김성장

「가만있으라, 8시 49분에」· 글 백무산, 붓 고임순

「다시, 임의 침묵」· 글 복효근, 붓 김미옥

「다시 또 봄」· 글 손채은, 붓 정윤정

「이 세상에서 가장 슬픈 수학여행을 떠난 아이들에게」· 글 송

124

경동, 붓 이상필

「숨바꼭질」 • 글 송진권, 붓 양은경

「언제까지고 우리는 너희를 멀리 보낼 수가 없다」 • 글 신경림,
붓 백인석

「공동체」 • 글 신용목, 붓 김순자

「심장보다 높이」 • 글 신철규, 붓 정진호

「네 번째 4월 16일 아침」 • 글 안상학, 붓 정진호

「깊은 일」 • 글 안현미, 붓 신민경

「오늘의 편지」 • 글 양안다, 붓 이현정

「마르지 않는 수요일의 장송곡」 • 글 오성인, 붓 이미지

「말 걸기의 어려움」 • 글 유현아, 붓 김미정

「4월의 해변」 • 글 이영주, 붓 김명회

「반성」 • 글 이용훈, 붓 김성장

「가늠하다」 • 글 이종민, 붓 구선곤

「네 이름을 부르며」 • 글 임성용, 붓 한미숙

「입하」 • 글 최백규, 붓 박현숙

「죄책감」 • 글 최지인, 붓 김수경

「우리 한 자루 촛불이 되자」 • 글 함민복, 붓 김미화

「섬이 되고 싶어요」 • 글 허유미, 붓 최우령

「우리들의 수학여행」 • 글 현택훈, 붓 이채경

언제까지고 우리는 너희를 멀리 보낼 수가 없다

2019년 4월 16일 1판 1쇄 찍음
2019년 6월 3일 1판 2쇄 펴냄

지은이   신경림 외
펴낸이   김성규
책임편집   조혜주 이계섭
디자인   김동선
펴낸곳   걷는사람
주소   서울특별시 마포구 월드컵로 16길 51, 서교자이빌 304호
전화   02 323 2602
팩스   02 323 2603
등록   2016년 11월 18일 제25100-2016-000083호

ISBN 979-11-89128-32-6 04810
ISBN 979-11-960081-0-9 (세트) 04810

* 이 책의 국립중앙도서관 출판시도서목록(CIP)은 서지정보유통지원시스템 홈페이지(http://www.seoji.nl.go.kr)와 국가자료공동목록시스템(http://www.nl.go.kr/kolisnet)에서 이용할 수 있습니다.(CIP제어번호:2019013153)